林登哈特教区教堂祭坛的左翼（局部）

林登哈特教区教堂祭坛的右翼

据传为马蒂亚斯·格吕内瓦尔德的自画像

《圣雪奇迹》

《赫拉祭坛画》（局部），描绘了被束缚的公主阿尔特米娅

《一个年轻画家的自画像》

《伊森海姆祭坛画》（第一组）

《伊森海姆祭坛画》（第一组）的左翼《圣塞巴斯蒂安》（局部）

《伊森海姆祭坛画》（第三组）的左翼《圣安东尼的诱惑》和右翼《圣安东尼造访沙漠隐士圣保罗》

《圣安东尼的诱惑》（局部）

《圣安东尼的诱惑》（局部）

《圣安东尼造访沙漠隐士圣保罗》（局部）

《圣安东尼造访沙漠隐士圣保罗》（局部）

《基督受难图》

《亚历山大之战》

《亚历山大之战》（局部）

Nach der Natur: *Ein Elementargedicht*

W. G. Sebald

自然之后

一部元素诗

[德] 温弗里德 · 塞巴尔德 著　任昱璞 译

GUANGXI NORMAL UNIVERSITY PRESS
广西师范大学出版社
· 桂林 ·

ZIRAN ZHIHOU: YIBU YUANSU SHI
自然之后：一部元素诗

The translation of this book was supported by a grant from the Goethe-Institut.
本书获得歌德学院翻译资助

著作权合同登记号桂图登字：20-2022-216 号

图书在版编目（CIP）数据

自然之后：一部元素诗 /（德）温弗里德·塞巴尔德著；任昱璞译. --桂林：广西师范大学出版社，2023.1
ISBN 978-7-5598-5420-9

Ⅰ. ①自… Ⅱ. ①温… ②任… Ⅲ. ①诗集一德国一现代 Ⅳ. ①I516.25

中国版本图书馆 CIP 数据核字（2022）第 169978 号

广西师范大学出版社出版发行
（广西桂林市五里店路 9 号　邮政编码：541004
网址：http://www.bbtpress.com）
出版人：黄轩庄
全国新华书店经销
广西广大印务有限责任公司印刷
（桂林市临桂区秧塘工业园西城大道北侧广西师范大学出版社集团有限公司创意产业园内　邮政编码：541199）
开本：787mm × 1 092 mm　1/32
印张：5.625　插页：8　字数：82 千字
2023 年 1 月第 1 版　2023 年 1 月第 1 次印刷
定价：48.00 元

目　录

俨然阿尔卑斯山的雪

Or va, ch'un sol volere è d'ambedue:
tu duca, tu segnore e tu maestro.
Così li dissi; e poi che mosso fue,
intrai per lo cammino alto e silvestro.

请走吧，同一个意志督促我俩，
你是主人和老师，你又是向导。
于是他走去，我随着他走的方向
踏上了一条艰涩荒凉的小道。

但丁《神曲·地狱篇·第二章》*

一

合上林登哈特教区
教堂的祭坛双翼，[1]
将木刻人像关在
各自的龛室，
就会迎面看到左边
嵌板上的圣格奥尔格[2]。
他站在画的最外缘，
离下方世界有一手掌宽，
正要越过画框
走出来。格奥尔吉乌斯·米勒斯，

---

*译文引自《石头和星宿：译文集》，吴兴华译，桂林：广西师范大学出版社，2017年，第293—294页。

这个身披铁甲的男人有着圆润的
铜铁胸膛、金红色头发和银光闪烁的
女性特征。不为人知的
格吕内瓦尔德[3]的面容不断浮现
在他的作品中，像见证了
雪地奇迹[4]的脸、沙漠
隐士[5]的脸，和面对慕尼黑的嘲弄[6]
那充满同情的脸。
最后，在埃朗根图书馆的
午后微光下，它
从一幅用亮白色粉笔绘成、
后来被陌生的手用笔墨毁掉的四
五十岁画家自画像[7]中，
显现了出来。总是同样
温和，同样担负悲伤，
同样不协调的眼睛，遮掩着
低垂着，从侧旁望向孤寂。
格吕内瓦尔德的面容
再一次出现在巴塞尔的小
霍尔拜因[8]一幅头戴皇冠的圣女像上。

这是一种奇特的佯作
相似的情况，弗拉恩格尔[9]写道，
他的书被法西斯烧毁了。
是的，艺术作品中的男人们
看上去如兄弟般相互敬慕，
在他们路途交错之处，
常常为彼此立一座纪念碑。也许因此，
在林登哈特教区教堂祭坛的
右翼中央，这位年长的男人
不安地将目光投向另一侧的
小男孩，许多年以前的
一月清晨，我自己曾
在班贝格火车站遇见过前者。
这是圣人狄奥尼修斯[10]，
臂下夹着他那被砍掉的头颅。
为他，格吕内瓦尔德为这个
自己选中的、在生命正中携
死亡而行的庇护者画上了
里门施奈德[11]的样貌，
二十年后，里门施奈德的双手

被维尔茨堡大主教
用酷刑摧残。早在此前，
疼痛就已渗入画中。
这是规则，画家知道，
并且把自己当作祭坛上
十四救难圣人
少之又少的同伴。神圣的
布莱修斯，阿哈茨和欧斯塔奇；庞大良
埃吉迪乌斯、西里亚克、克里斯多福、
伊拉斯谟和那极为俊美的
抱着公鸡的圣法伊特，
他们每个人都望着不同的
方向，我们却不理解
为什么。而三位救难圣女
芭芭拉、卡塔琳娜和玛格丽特[12]
在左侧嵌板边缘
将她们形状相同的东方眉眼
凑在圣格奥尔格的身后，策划着
一场反对男人们的阴谋。
诸圣女的不幸

是她们的性别，是两种性别
可怕的分离，格吕内瓦尔德
也亲身经历过。那个遭受驱逐的
魔鬼被西里亚克[13]——不仅仅由于
空间的窄仄，更是作为一个象征
——举在空中，它是女性，
就像法兰克福施特德尔[14]里，
格吕内瓦尔德的一幅灰色画
极其生动地呈现出来的那样：
它来自戴克里先[15]的疯癫女儿，
被束缚的公主阿尔特米娅
跪在地上，身边的西里亚克
用圣袍绶带牵住她，
像用短绳拴住一条狗。
无花果树的枝条从两人头顶
伸向前方，挂着果实，
有一颗已经完全被虫蛀空了。

注释

1 林登哈特教区教堂，即德国巴伐利亚州克罗伊森市的圣迈克尔教堂。内设的有翼祭坛，其嵌板上十四救难圣人像，乃马蒂亚斯·格吕内瓦尔德（Matthias Grünewald）于约 1503 年所绘。十四救难圣人为天主教传统中受敬拜的殉道士，或在历史上确有其人，或取自传说，俗信他们可消灾治病。该圣人崇拜始于 14 世纪的日耳曼莱茵兰地区。

2 圣格奥尔格（hl. Georg），拉丁名格奥尔吉乌斯（Georgius），即圣乔治，救难圣人。其形象披甲持矛骑马屠龙。

3 马蒂亚斯·格吕内瓦尔德（约 1470—1528），又名马蒂斯·尼特哈特（Mathis Nithart）或戈特哈特（Gothardt），文艺复兴时期德国画家。档案和艺术史家评论相互矛盾，使这位画家的身份成谜。

4 指格吕内瓦尔德祭坛三联画《圣雪奇迹》（*Schneewunder*，约 1517—1519）。

5 指格吕内瓦尔德《圣安东尼的诱惑》（*Versuchung des Hl. Antonius*，约 1512—1516）。

6 指格吕内瓦尔德《嘲弄基督》（*Verspottung Christi*，约 1503—1505），现藏于德国慕尼黑老绘画陈列馆。

7 收藏于德国埃朗根－纽伦堡大学图书馆的格吕内瓦尔德自画像（1512—1514），或研究认为所绘人物是拔摩岛的约翰。

8 小汉斯·霍尔拜因（Hans Holbein der Jüngere，约1497—1543），德国画家。擅长肖像画和木版画。出生于巴伐利亚的奥格斯堡，师从父亲老霍尔拜因，在瑞士的巴塞尔完成了许多绘画作品。

9 威廉·弗拉恩格尔（Wilhelm Fraenger，1890—1964），德国艺术史家。

10 狄奥尼修斯（Dionysius），即圣德尼，罗马巴黎西卢特提亚教区（今法国巴黎）首任主教，救难圣人。3世纪时遭罗马皇帝德西乌斯迫害，在城门口斩首。传说圣德尼被斩首后，拾起头颅讲道行走数公里，到达蒙马特，后来葬于该处。

11 蒂尔曼·里门施奈德（Tilman Riemenschneider，约1460—1531），德国雕塑家。

12 布莱修斯（Blasius）、阿哈茨（Achaz）、欧斯塔奇（Eustach）、庞大良（Pantaleon）、埃吉迪乌斯（Aegidius），西里亚克（Cyriax）、克里斯多福（Christophorus）、伊拉斯谟（Erasmus）、法伊特（Veit）、芭芭拉（Barbara）、卡塔琳娜（Katharina）、玛格丽特（Margarethe），皆为救难圣人，部分人名经过在

地化。

13 西里亚克在罗马迫害基督徒期间，曾被迫参与戴克里先浴场的建设，后来皇帝戴克里先的女儿阿尔特米娅被恶魔附身，他成功驱魔并将其女儿治愈，获赐一座房子。戴克里先退位后，西里亚克再度遭抓捕、折磨，最终斩首。他的房子被一位总督占领，当这位总督在西里亚克曾经施洗的地方沐浴，举办宴会，所有人都当场暴毙。西里亚克由此获得了异教徒的敬重。

14 法兰克福施特德尔，即施特德尔美术馆，1815 年建立，以收藏欧洲文艺复兴、巴洛克及近代的艺术为主。

15 戴克里先（Diokletian，245—313)，罗马帝国皇帝，公元 284—305 年在位。曾下令大规模镇压基督徒。

二

关于阿沙芬堡的马蒂亚斯·格吕内瓦尔德的
生平，人们所知甚少。
第一则有关这位画家的记述
出自约阿希姆·冯·桑德拉特[1]1675 年的
《德国美术学院》，作者在开篇
称自己并不认识一个在世的人
能够为这值得称颂的手
提供任何书面或口头的信息。
我们可以相信他的证言，
因为，维尔茨堡博物馆的一幅画像
保存着他八十二岁时的
清醒和目光中少有的明澈。

用浅灰色和浅黑色，
他写道，马蒂亚斯曾在
法兰克福传教士修道院
为丢勒[2]绘制的圣母升天
祭坛画的外翼嵌板作画，
因此1505年前后，他尚在人世。
颇为奇异的，是他用水彩绘出的
他泊山上基督显圣容，
摩西和以赛亚显现在
那一团绚美的云中，
令使徒们心醉沉迷又满怀畏惧，
没有比这更离奇的了。
后来，在美因茨大教堂
他画了三组祭坛画的内外板，
其中一幅表现了
目盲的隐士正要和他的领路童子
走过已经冻结的莱茵河，这时
在冰面上遭遇两名凶犯袭击，
被殴打致死。1631或32年，
正值野蛮的战争，这幅画

被人拿走并运往瑞典，
但是，船舶失事，它和
许多同类艺术品
一起沉入海底。
桑德拉特虽没有去过伊森海姆，
但听说过那幅祭坛画，
他写道，画的构思
使真实生命再无其他呈现的可能，
可以看到，画中的圣安东尼
和精心描绘的恶魔们同时出现。
桑德拉特在罗马
为教皇画像时曾亲眼见过
一幅双手合握的约翰像，并确信
那就是这位阿沙芬堡的画家
唯一不曾遗失的画作，
除此之外，他仅仅知道，
画家通常待在美因茨，
过着忧伤避世的生活，
婚姻很不幸。

注释

1 约阿希姆·冯·桑德拉特（Joachim von Sandrart，1606—1688），德国画家、艺术史家，著有《德国美术学院》（*Teutsche Academie der Bau- Bild-und Mahlerey Künste*，1675）。这首诗中多次引用了该书关于格吕内瓦尔德的记述。

2 阿尔布雷希特·丢勒（Albrecht Dürer，1471—1528），德国画家，被认为是德国文艺复兴时期最伟大的艺术家，创作了大量祭坛画、木刻版画和自画像。

三

很久以来，迫害犹太人的传统
人尽皆知，这也发生在
美因河畔的法兰克福城。
据说，1240 年前后，
173 名犹太人当中
有人被杀，有人在烈火里
自焚身亡。1349 年，
鞭笞派[1]在犹太区
实施了大规模屠杀。
报道再次声称
犹太人选择了自焚，
因为这场大火过后，

他们就能够从大教堂山
一直望到萨克森豪森[2]。
此后，犹太人只是迟疑地
回到了法兰克福。
15 世纪中叶，
为了避免基督徒
和犹太人之间
每一次身体接触，
当局颁布穿衣法则，犹太人
必须在外衣前方佩戴黄环，
此后改作苹果大小的灰环，
违者向来都被处以死刑。
法兰克福高级参议会随后出资，
在市民管理以及由其推动的
改革和卫生化的过程中，
在沃尔格拉本[3]附近
修建起一座犹太人自己的隔都，
包括十四座房屋和一座新犹太会堂。
在格吕内瓦尔德的时代，二十三座房屋
有据可考，不久之后，

在边界没有扩大的情况下，
该区域的居民便达到三千人。
在夜晚——礼拜日则从下午四点起，
他们会被封锁，
哪里都不准去，
不论是去往长有绿树的地方，
还是界墙之上
或骡马市，也不论是去往罗马广场[4]
还是林荫路。这座隔都里
曾有犹太女人恩欣的家，
在和画家马蒂斯·格鲁内[5]
举行婚礼的几个月前，
她接受了洗礼
并改用圣安娜的名字。
关于历史上格吕内瓦尔德其人，
那本由 W. K. 齐尔希博士
于 1938 年希特勒生日之际，
以古老的施瓦巴赫字体
出版的伟大作品[6]并没有
收录这段离奇的婚姻故事。

书上说，格吕内瓦尔德
一定注意到了这个美丽得
引人注目的孩子，当时她
正穿过小桥下的门楼
和祈祷巷，走过他
紧邻隔都的画室。
是否正是他使一年以后
和他结婚的安娜
改变了信仰，
则不得而知。
看上去更像是
她自己在那个时候
怀着非同寻常的
决断或者绝望，
迈出了这一步，
因为她常常直视
画家的眼睛，也许她最初
仅仅爱上了他绿色的名字[7]，
当时单身的画家
由于接受了伊森海姆的

重要委托而放弃了美因茨
宫廷画师的职位，对他而言，
这不失为一个好时机。
因为如果没有自己的家庭，
他就无法雇佣
帮手或者工匠。
1512 年 12 月 17 日，
格吕内瓦尔德在大教堂附近
以二十三古尔登
十二先令[8]购得一套房屋，
据记载，那时他已经
娶了受洗后的安娜为妻。
这位改宗的年轻女人
备受赞赏，体现了法兰克福
基督徒团体的真正成就，
她在受洗时收到了
基督徒的许多礼物，
原本能够使格吕内瓦尔德幸福。
假如结局并非如此，
原因一方面在于，这位画家

后来消隐遁世，
几乎生活在地表之下，
抗拒着社会认可，
另一方面，如他那些画作证实的那样，
他对于男人有着更好的眼光，
他无限投入地描绘
他们的面容和全身体态，
然而几乎所有女性都被遮掩着，
似乎这样才能消除
他必须仔细观察她们时的恐惧。
或许安娜·格吕内瓦尔德
因此变得易怒，生了病，
成为邪恶理性、脑热
和癫狂的牺牲品。
后来她被送进医院，
等待痊愈，在画家
死去的时刻，她
依然在虚弱的
身体中坚守。

注释

1 鞭笞派，天主教的一种苦行派别，出现于13世纪意大利北部，鞭笞派信徒主张以鞭子抽打自己直至流血的方式，获得上帝的救赎。

2 萨克森豪森（Sachsenhausen），美因河畔法兰克福的一个城区，如今是德国乃至欧洲重要的博物馆聚集区，如施特德尔美术馆等。

3 沃尔格拉本（Wollgraben），德国美因河畔法兰克福沿12世纪城墙东隅壕沟的街道。1462年腓特烈三世下令强迫犹太人集中迁居到此附近，后隔都扩大，该街道也成为犹太人聚居点。

4 罗马广场（Römerberg），中世纪以来美茵河畔法兰克福老城的市中心。

5 马蒂斯·格鲁内（Mathys Grune），即马蒂亚斯·格吕内瓦尔德。

6 指德国艺术史家瓦尔特·卡尔·齐尔希的著作《历史的格吕内瓦尔德》（*Der historische Grünewald*）。

7 格吕内瓦尔德意即“绿林”。

8 古尔登（Gulden）和先令（Schilling）皆为神圣罗马帝国时期流通的货币名。

四

在芝加哥艺术学院
挂着一幅不知名的年轻画家的
自画像。这幅画曾于 1929 年从瑞典
流入法兰克福艺术交易市场。
这块小型枫木画板上
画着一位不到二十岁的男子
坐在一间斗室的窗前。
在他身后一块不完全符合透视法的
隔板上，放着几个颜料罐、
一支磨笔、一片贝壳和装着透明香精的
珍贵的威尼斯玻璃瓶。
画家手中拿着一把雕刻精美的

骨刀，削着鸭嘴笔，
以便很快就能继续绘画
摆放在他面前墨水瓶旁的
一幅女性裸体像。
透过左边的窗户，看得到
山丘和山谷的风景，
以及一条小路。这条路，
齐尔希沉思道，是通向世界之路，
除了那位消失得无影无踪的男人，
其他人都不曾从这条路上走过，
他研究着这个男人，误以为
能从这幅匿名画作里辨认出他的艺术。
窗框上方的 M. N. 签名[1] 意味着，
他写道，他在档案馆发现的、
除过自己论文之外
无据可考的画家马蒂斯·尼特哈特
隐藏在格吕内瓦尔德的名字背后。
因此，阿沙芬堡的圣雪祭坛画
有着大写花体字 M. G. 和 N. ，因此，
这位年轻的画家正是伊森海姆祭坛画里

被箭刺穿的塞巴斯蒂安[2]，
从年轻差距上来看，这尤为奇特。
事实上，据当时的文件记载，
马蒂斯·尼特哈特在一定程度上
逐渐变成了格吕内瓦尔德，
以至于人们认为，这个人
真的就是另一个人的生命
甚至最终的死亡。
塞巴斯蒂安圣像画板的
一张 X 光照片揭示出，
在这位忧伤的圣人肖像背后
还有一张相同的面孔，
这幅侧身像，在最终涂色时
仅仅做了小幅度的偏转。
这里，两位画家在同一个身躯，
在属于彼此受伤的肉体，
研习他们的自然本性。
尼特哈特先是对着镜子，
画出自己的肖像，
然后格吕内瓦尔德

用伟大的爱、精准、忍耐
以及渗入蓝色胡茬的关注，
为他同伴的皮肤和头发着色。
画面描绘的殉道场景
再现了那伤口边缘
依然能感受到的男性情谊，
摇摆在恐惧和忠诚之间。
不能排除，曾经同为
水景工匠的尼特哈特
在晚年促使人们将自己
与日渐避世独处的
伊森海姆画师混淆起来，
他或许是他与他那由于不幸
而无法通达的世界之间的维系。
1527 年左右，尼特哈特
在完成阿尔萨斯[3]工作的十二年后，
从法兰克福——这段时间
他依然要在这里分有格吕内瓦尔德的
生命——启程前往哈雷[4]，
要为这座城市有名的

盐泉建造一处水景，
那是包含磨轮与管道的
高度复杂的水利系统，
就像阿沙芬堡的美因河畔
美妙的轮组体系和景观陈列品那样。
据说，尼特哈特在哈雷
并未完成多少作品，
而是频繁更换住所。二八年的
夏天，他陷入
深深的忧郁，后来死神
似乎很快就来到了他身边。
在得知尼特哈特的死讯后，
法兰克福市政府下令
将他工作室的家具登记入册。
这份长长的清单包含了
一系列最为不同的物品：
勺子、汤钵、肥皂盒、
水用传动带、十五件
白色皮质颜料盒、来自蒂罗尔的
施瓦茨银元和铜币、

书籍、告示、手稿以及许多
路德宗的印刷品，使这一切
都黯然失色的是他独一无二的
颜料库：铅白、纯白、
石榴红、朱砂红、松石绿、
山青、翡翠绿、蓝色
釉泥和来自东方的
矿物。衣物也同样
华丽：金色长裤、
袖口卷边衬有天鹅绒的肉桂色长袍、
另一件用黑色丝线缝制的紫色长袍、
灰色缎面的紧身马甲、红色宽檐软帽
以及许多优雅的装饰物。
遗物事实上属于这两个男人，
而格吕内瓦尔德，色彩的开创者，
是否分享了这位已故的旧友
对于彩色衣物的偏爱，
我们不能断言。

注释

1 M. N.，马蒂斯·尼特哈特的缩写。

2 塞巴斯蒂安（Sebastian，约255—约288），因宣扬基督教被皇帝戴克里先下令乱箭射杀。中箭的他并没有死去，在被奇迹般地治愈后，再度前去与戴克里先交涉，最终被乱棍打死。希腊神话认为，阿波罗的箭与瘟疫息息相关，中箭的塞巴斯蒂安因而成为瘟疫主保。

3 阿尔萨斯（Elsaß），法国东北部狭长地带，其西面为南北走向的孚日山脉（Vogesen）。隔莱茵河与德国相望，沿河西岸谷地分布斯特拉斯堡（Straßburg）、勃艮第隘口（Burgundische Pforte）、布维莱尔（Gebweiler）、伊森海姆（Isenheim）等。

4 哈雷（Halle），德国萨克森－安哈尔特州城市，临萨勒河。其名字或说即来自原始日耳曼语的“盐”，或中古高地德语的“盐泉”、“盐场”，因当地盛产盐，制盐遗迹可追溯至青铜时代。自中世纪以来建设盐场，藉此生产交易而富庶。

五

顺着孚日山脉的走势向南，
在那条从斯特拉斯堡通往
勃艮第隘口的军用大道
与流经盖布维莱尔横谷的
劳特巴赫河的交汇处，
坐落着名为伊森海姆的村庄。
在这里，隐修会的传奇历史
可以追溯至 357 年
在底比斯沙漠中离世的
隐修士安东尼[1]。
1300 年前后，
律修会修士从米尔巴克的

克吕尼修会购得土地，
建立了安东尼医院，
以遏制在整个西方
延烧的安东尼之火，
这种能够引起肢体腐烂的
血液传染病，
是中世纪除麻风病外，
最可怕的疾病之一。
当安东尼之火逐渐熄灭，
安东尼医院又将
摧残身心的其他疾病
纳入治疗范围，如癫痫
和 1490 年之后灾难性
蔓延的所谓花柳病。
那些到达医院时
大多已经奄奄一息的
病人们首先作为
恶的神圣见证人
被领进祭坛前方的唱诗班耳堂，
以上帝殉道士之名受洗，这样，

即使他们在一定程度上倒错反常，
也会被带往救赎之地。与此同时，
屡见不鲜的是，保存在
祭坛圣龛中的圣安东尼髑骨
的的确确显现出奇迹，
身体一部分严重畸变的人们
仅仅以不断涂抹圣酒的方式，
摆脱了痛苦，这种灵醣
是律修会修士们每年于耶稣复活之日
在伊泽尔河畔圣马塞兰附近的
圣安托万·德维埃努瓦修道院，
用葡萄酒浇洒保存在那里的
圣安东尼的髑骨而获得。
这种经过双重净化的液体
由修道院的信使拿到
全国各地售卖，农夫
用它为农圈里
系着圣人铃铛的猪
划上十字，这位圣人也是
牧人和牧群的主保圣人。

关于这座医院本身：
十二位律修会修士中
有八位经常跟随一位老师
研究哲学，于是治疗病人
所遵循的净化仪式
成为在病人身体上
进行的一场战争，
一种最基本的较量，
以对抗在疯癫中形成的
死亡的在场。
这幅由伊森海姆修道院
院长圭多·圭尔西委托
格吕内瓦尔德绘制的祭坛画
借助最美丽
又最恐怖的色彩
呈现出苍白色脓液
流淌的时刻，并基于
这幅画的力量和效果
实现最重要的
疗愈使命。最迟在

阿尔萨斯的残疾人康复院——
在那里，他搜集到了
最为丰富直观的材料，
比如，人如何蜷缩起来
或者走出自身——绘画工作开始之时，
无论如何都倾向于极端理解世界的
格吕内瓦尔德，将生命的救赎
解释为来自生命的救赎。
此刻，生命本身
正以恐怖的方式不间断地
四处蔓延，在祭坛步阶之上
却从未被展示过，因为祭坛上的形象
已经超越了此在的不幸；除非在那种
非现实与癫狂的混乱之中，才能看得到
那是格吕内瓦尔德
围绕受诱惑的圣安东尼
描绘出的情形：隐士被可怖的怪物
揪住头发在地上拖行。
在左下角最底端蹲坐着
伊森海姆医院的

一位病人，梅毒脓疱
布满了他的身体。其上方
那长着两颗头和许多
胳膊、雌雄同体的生物
站起身，正要用一根
下颌骨结束圣人的性命。
右手边，一只有着细长鸟足的猛禽
用人的手臂举起棍棒。
在它身后和旁侧，
约在画面居中的位置，
是长满肿瘤的、有着鲨鱼并林德虫[2]状的
大口、一排排牙齿、上翘的鼻孔、
流淌的鼻涕、阴冷松弛的
鳍状翅膀、毛发和犄角、
如同肠粘膜外翻的皮肤，
以及空中、地上或者水中
所有生命的各种赘生物。
这些是他的，是这位画家的造物，
是地球表面
我们混乱的存在景象，

表现了陡峭轨道上
迷失的再生过程，
其中，那些寄生的、
相互纠缠又彼此
交错的生长形态
如同一群恶魔
侵入了隐士的宁静。
格吕内瓦尔德沉默地
运着画笔，如是描绘着
一部病理学戏剧中的怪叫、
怪吼、咕噜与咕唧，
他可能清楚，他自己和他的艺术
皆属于此。令人恐慌的脖颈错位，
在格吕内瓦尔德画作的
主人公身上随处可见，
他们露出喉咙并常常
转脸面向一束眩目的光，
这是身体最极端的表达：
大自然并不了解平衡，
只是盲目地、一个

接一个地做着混乱的实验，
就像考虑不周的手工爱好者
会拆掉自己刚刚才做完的东西。
试探自己还能够走多远，
是大自然的唯一目标，发芽，
继续生长，继续繁殖。
这场实验同样在我们之中、借助我们
以及我们头脑中产生的各种机器，
在唯一的混乱中，进行着。
而此时，我们身后绿色的
树木已经失去了叶子，光秃秃地
插入天空，就像在格吕内瓦尔德
画中时常能看到的那样，
一层泥沼般向下滴落的物质
遮住了那些枯死的树枝。
在休息时间，那只黑鸟
用喙衔着食物，飞向沙漠，
来到圣安东尼身边，
或许，这只长着玻璃心的鸟儿
一直朝我们飞来，

离我们越来越近，
另一位末日的圣人
在预言中提到过它：
它将向着大海排泄，
使海水沸腾，使
大地晃动，而伟大的城市
连同那铁塔将立于烈火之中，
教皇蹲在一艘小船上，
黑暗降临，在黑色
小匣子落下的地方，
黄色和灰色的尘埃
将陆地覆盖。

注释

1　安东尼（Antonius，约 251—约 356），生于埃及，二十岁左右离家在沙漠隐修，被称为沙漠教父、隐士安东尼，后与追随者建立隐修会，对基督教隐修传统产生了深远的影响。传说他在沙漠中苦修时，抵御了肉食的诱惑，因而被奉为牧人和牧群的主保圣人。

2 林德虫（Lindwurm），在北欧神话中，指一种仅长有前爪、没有翅膀的蛇形龙。

六

巴塞尔这幅大约画于 1505 年的
受难图上，那片风景从悲伤的人群身后
一直延伸到深处，如此遥远
以至于我们的视线不足以探其究竟。
一块烧成焦褐色的土地，
轮廓犹如鲸鱼的头
或张开嘴的利维坦[1]，
正在吞食苍绿的草场、洼地
和那闪着微光的泥泞水域。
在上方，山丘被驱逐到
一阶阶变得愈发阴郁
愈发黑暗的地平线后面，

在受难史前拔地
而起，看得到客西马尼园[2]的
大门、迎面走来的
卫兵以及跪着的基督形象，
他们都被此般缩小，使人能够
从退却的空间中感受到
奔涌而来的时间。
或许格吕内瓦尔德
画出并回忆起了
那场灾难性的黑夜侵袭，
那束从彼世照进来的光
留在自然之后的最后痕迹，因为1502年，
当他在菲希特尔山脚下的宾德拉赫
创作林登哈特祭坛画的时候，
月亮的阴影于10月1日掠过
东欧上空，经过劳齐茨、
波希米亚和梅克伦堡到达波兰南部，
此时，一直与阿沙芬堡
宫廷星相师约翰·因达吉内
保持联系的格吕内瓦尔德

将前去观看这场引起众人莫大敬畏
和期待的世纪性事件——日食，
他将见证世界诡秘地病倒：
当时，夜晚如鬼魅般在白昼正中
倾注而下，就像突如其来的昏厥，
而在天空的穹顶，
在雾堤和云墙之上，
在那寒冷而沉重的蓝色之上
升起一团火焰般的红色，
似乎从未在眼前出现过的色彩
四处弥漫，如此华美
使画家从此再也无法忘怀。
这些色彩展开成光谱
在另一种空气状态下的背面，
那种缺少氧气的虚空，
从伊森海姆祭坛画中央
那些人物急促的呼吸之间，
就已经向我们预兆了窒息死亡，
这后面是悲悼的山景，
格吕内瓦尔德将哀伤的目光

投向未来，预示出
位于墨蓝色河流后面的
一颗全然陌生的石灰色星球。
此处以严重的侵蚀与荒凉
绘出最终还将消蚀岩石的
毁灭的遗留之物。
在观看这幅画时，我觉得
那冰川时代，
那诱惑[3]上边区域
亮白色的山峰尖顶，
是形而上学的结构
和雪的奇迹，正如
352年，
盛夏时分，
雪落在了
罗马的
埃斯奎利诺山丘。[4]

注释

1 利维坦,《圣经》中一种巨型海怪。

2 客西马尼园,《圣经》中耶稣基督多次祷告的地方。

3 诱惑，指格吕内瓦尔德的祭坛画《圣安东尼的诱惑》。

4 指格吕内瓦尔德的祭坛画《圣雪奇迹》表现的传说。

七

1525 年春天，格吕内瓦尔德
骑马穿过四月的光和冷雨
去往温茨海姆[1]，他在
雅各布 · 泽克勒的画室
定制了由葡萄叶
和各种鸟类组成的
祭坛背壁小型雕饰。
当泽克勒对雕饰做最后润色时，
格吕内瓦尔德同
巴特尔 · 贝哈姆和塞巴尔德 · 贝哈姆交谈起来。
这两位来自纽伦堡的铜版雕刻家和画家
于 1 月 12 日因为渎神

被逮捕，判为异端后
又被逐出他们的家乡，因此
暂住在温茨海姆画师这里。
兄弟俩，就在漫步走入
色彩依旧暗淡的田野
直到深幽的夜的时候，
讲起曾在纽伦堡停留的托马斯·闵采尔[2]，
此时正穿过施瓦本去阿尔萨斯、
瑞士和黑森林，
号召起义。因为第六
枝号[3]即将吹响，必须
从口中说出这个可怜的
字母。叮叮当当，
盛大的圣灵降临节[4]来临。
大水已经注满
并不断向前移动，诸行星
翻滚着浪花，交合于
双鱼宫，那颗红色的
星与代表着
农民的土星

合相，此时一场奇异的
大火会燃烧起来，就在
这个可被预测的未来，[5]
在一个贫穷的糊涂虫
被当作北方弥赛亚的时候。
格吕内瓦尔德说，有一次，
在他小时候，那时他六七岁，
尼克拉斯豪森的鼓手[6]
向最贫苦之人
许诺此世的幸福，
煽动起民众。每天
都有五万人聚集在他身边，
他的祷告殿里堆满了大量珍宝，
一个时代就这样过去了，
后来他被架在火刑柱上烤，
供维尔茨堡的人们取乐。
我已经看到，他接着说，
就在你们看到的从陆地
升起的彩虹之下，骑士们
从军营中策马而出。

兄弟们，他说，当他们就这样沿着
温茨海姆的树林行进的时候，
我知道，那件旧衣衫撕破了，
而我害怕
时间的终结。
5 月中旬，格吕内瓦尔德
带着他的祭坛雕饰
回到法兰克福，庄稼
已经洁白到可以收割，
磨得锋利的镰刀
在弗兰肯豪森不寻常的战场[7]
划过一群五千人的生命，
几乎没有一个骑兵倒下，
农民的身体却犹如
堆积成山的献祭品，
因为他们，好像精神错乱一样，
既没有发起反抗，
也没有拔足逃命。
5 月 18 日，格吕内瓦尔德
听说这则消息后，

就再也没有走出家门。
然而，他听到眼睛
被挖出的声音，在博登湖
与图林根林山之间
长久回响。
那时，他一连几个星期
都在脸上绑着
一条黑纱。

注释

1 温茨海姆（Windsheim），今德国巴伐利亚州中弗兰肯行政区的巴特温茨海姆，位于纽伦堡西的历史小镇。

2 托马斯·闵采尔（Thomas Münzer，1489—1525），德国传教士、神学家，反对马丁·路德和罗马天主教会，1525 年成为德国农民起义的领导人。

3 见《新约·启示录》9:13–18，当天使吹响第六枝号时，会出现马军，马口中喷出的火、烟和硫磺将杀死三分之一的人类。

4 圣灵降临节，复活节后的第 50 日。

5 星相学预言 1524 年有大灾难发生，后来被解读为当年爆发的德国农民战争。

6 尼克拉斯豪森的鼓手（der Pauker von Niklashausen），即汉斯·伯海姆（Hans Böhm），牧人兼乐师，又称吹鼓手小汉斯。1476 年以预言者身份出现在陶伯河谷的尼克拉斯豪森，向平民布道，称自己曾多次见到圣母马利亚显圣，号召人们摒弃贵重的服饰珠宝，前去尼克拉斯豪森朝拜圣母，以求赎罪。

7 1524 年 5 月，闵采尔率领的农民军在弗兰肯豪森附近集结，与诸侯军队对峙时，天空出现彩虹，这被认为是农民胜利的吉兆。5 月 16 日，他们与与诸侯签订了停战协定。但诸侯在停战期满之前，对农民军展开突袭，致使八千名农民中有五千人被杀，闵采尔在弗兰肯豪森城中被捕，而后被斩首。

八

和画家一起坐在马背上，
有时也坐在小推车最顶端的，
是一个九岁的孩童，
这个连他自己想起都感到惊讶的、
与安娜婚后生育的孩子。
那是一段非常美妙的旅程，
1527 年 9 月，他们最后一次
沿着河流，穿越山谷。空气摇曳着
树叶之间的光，他们在山岗上
眺望四周朝向远方延伸的大地。
倚在石上休息的时候，
格吕内瓦尔德觉察到自己

和哈雷水利工程师的不幸。
风驱使我们飞翔
如阴影降临时
的椋鸟。最后留下的，
只有受人委托的工作。受奥登林山[1]
埃尔巴赫的埃尔巴赫家族委托，画家
在一幅祭坛画上投入了剩余的岁月，
再一次受难还有哀悼，
生命的变形总是
在眼睛的视线和画笔的
提起间缓慢进行着。
此时，格吕内瓦尔德结束了
一场远途旅行，也更为频繁地中断，
较之于他平日习惯，艺术创作进展，
好让他的孩子在画室内
和外面的绿野间做他的学徒。
他自己那时学到什么已无据可查，
只知道这个孩子十四岁时
由于不明原因猝然
死去，而画家也没有

多活太久。向前敏锐望去，
你就会看到，远方的风车
在傍晚的昏暝里转动。
树林后退了，真的，
遥远得使人无法分辨出
它曾经在何处，而那座冰窖
打开，霜在田野上勾勒出
一幅无色的大地之画。
因此，当视神经
撕裂，寂静的空气间
便白得俨然
阿尔卑斯山的雪。

注释

1 奥登林山（Odenwald），德国西南部低山，跨越黑森、巴伐利亚、巴登－符腾堡三州。

我若在海极留下 *

...Immer steigender hebst, Woge, du dich!

Ach! die letzte, letzte bist du! das Schiff geht unter!

Und den Todtengesang heult dumpf fort,

Auf dem großen, immer offenen Grabe der Sturm!

……越涨越高，波涛，你奔涌吧！

啊！终结，终结是你！航船正沉沦！

在这片广阔又永远敞开的坟墓上，

风暴依旧沉沉地吼啸着那曲挽歌！

弗里德里希・戈特利布・克洛卜施托克

《世界》，1746 年 2 月

一

于弗兰肯的温茨海姆
出生的格奥尔格·威廉·施特勒[1]
在哈雷大学求学期间
常常读到信息报上
刊登的这则消息：
俄国沙皇[2]计划
在帝国扩张的进程中，
派遣一支规模空前的远征队
前往太平洋沿岸，
目的是考察从那里

---

* 似对赞美诗的回应，见《旧约·诗篇》139:9："我若展开清晨的翅膀，飞到海极居住"。（据和合本）

去往美洲的海路，
队伍由维图斯·白令[3]担任最高指挥官，
他的头骨大约在二百五十年后
令人惊愕地再一次
出现在文献中。

注释

1 格奥尔格·威廉·施特勒（Georg Wilhelm Steller，1709—1746），德国医生、博物学家，曾随白令科学考察队到达西伯利亚、北极圈，并发现阿拉斯加。

2 安娜一世（Anna I，1693—1740），罗曼诺夫王朝第八位沙皇，于1733年派遣白令再度出海远征。

3 维图斯·白令（Vitus Bering，1681—1741）丹麦探险家，率俄国海军两次远洋进行科学考察，到达西伯利亚和北极圈附近。白令海峡、白令海等就是以他的名字命名的。1991年发现白令墓后，其头骨得到了还原和成像。

二

这场探险旅行的画面
在施特勒的想象中变得愈发密集，
他，这位唱诗班领唱之子，
天生一副美妙的男高音歌喉
并获得了基督教奖学金，
起初在维滕贝格求学，
后来却背弃了神学，
投奔自然科学
并逐渐入迷：在他最受瞩目地
完成答辩的时候，
却无法思考其他任何事情，
除了世界上那个东方、

西方和北方交汇地带的
动物与植物的形态，
以及描述
它们的技艺。

三

据说，即便政府
在最短时间内
委以他植物学的大学教席，
使他获得市民社会的认可，
施特勒依旧贫穷——
除过他的笔记本，
口袋里几乎别无他物——
于博士答辩后
第二天就已经乘坐邮车
去往被俄国军队
占领的城市但泽[1]，
并在一艘要把几百名伤员

送回俄国的
邮轮上，受雇为
助理医师。

注释

1 但泽（Danzig），格但斯克（Gdánsk）的旧称，在今波兰境内，是波罗的海沿岸重要的航运与贸易中心。

四

当船驶离但泽湾，
第一次看到大海的
施特勒在甲板上站立良久。
水面上的航行、力量与重量、
空气中的盐以及
龙骨下方被驱逐到
深幽处的黑暗，无不
令他惊叹。左边是
普茨克岬角[1]的最外端，
右边是维斯图拉潟湖[2]前的狭长半岛，
浅灰色的线条，无尽地
消融于一片更浅的灰色中。

这后面曾是德国，
他突然想起，他的童年，
温茨海姆的树林，
青年时期艰难
习得的古老语言：
你们应当研究文字，[3]
这难道不应当称作：
你们应当研究自然？[4]

注释

1 普茨克岬角（Putziger Nehrung），今波兰境内的海尔半岛，位于但泽以北20公里处。

2 维斯图拉潟湖（Frisches Haff），位于波罗的海南岸，北接俄罗斯，南连波兰。

3 原文为拉丁语“perscrutamini scripturas”。

4 原文为拉丁语“perscrutamini naturas rerum”。

五

王冠城[1]、橘树镇[2]、彼得霍夫宫，
最后在托里拆利[3]真空中
一个三十四岁的杂种，
被困在涅瓦河的沼泽三角洲，
要塞之下的圣彼得堡，
俄国的新都
在异乡人看来，阴森诡异，
不啻于突然而至的混乱，
充斥着修造时就已经下沉的
建筑，到处都缺少平直的视野。
按照黄金分割法排布的
街道和广场，码头和桥梁，

建筑基线、房屋立面和成排窗轩

从未来回响的虚无

徐徐来到此处。

为了将永恒蓝图给予这座

因畏惧浩渺空间而诞生的城市，

这里密集居住着亚美尼亚人、土耳其人、鞑靼人、

卡尔梅克人、移居的瑞典人、

德国人和法国人，以及那些被折磨至死、

肢体残缺、

悬挂在林荫路两侧

示众的罪犯。

注释

1 王冠城（Kronstadt），又译喀琅施塔得，俄罗斯港口城市，位于圣彼得堡以西约 30 公里。

2 橘树镇（Oranienbaum），今罗蒙诺索夫城，在 1948 年以前被称为橘树镇，是圣彼得堡的一个小镇，位于圣彼得堡市区以西约 40 公里。

3 埃万杰利斯塔·托里拆利（Evangelista Torricelli，1608—1647），意大利物理学家、数学家。他利用水银做实验，实现了真空，并制作了水银气压计。为纪念他的贡献，真空计量单位“托”以他命名。

六

河对岸，在有名的
玛丽医院植物园，
施特勒才逃离了城市的纷扰。
他小心翼翼地走在
花圃间的蹊径上，惊叹于
栋栋玻璃温室、
种种异域植物，
一个接一个地学习新名字，
充满了希望
而几乎无法自持，
这时，从鸟舍旁边
芥末树的半片阴影中，

诺夫哥罗德的大主教，
同时也是宗主教的费奥凡[1]走向他，
手里托着一只黄色小鹦鹉，
在用拉丁语交谈的过程中
给他讲述了一则多尔日地区[2]的
传说：上帝突然
从虚空显现
在一片疗肺草叶。

注释

1 费奥凡（Theophon，1681—1736），原名叶列阿扎尔·普罗科波维奇（Eleazar Prokopovich），曾任基辅神学院院长，而后成为沙皇彼得一世在宗教和教育方面的顾问，起草《宗教章程》，使教会服从于沙皇的世俗权威。

2 多尔日地区（Bezirk Dolji），今罗马尼亚西南部的多尔日县。

七

施特勒在彼得堡
待了四年。已经走到
死神身边的大主教
为他在科学院里谋得了
一个助理职位，
并聘他为私人医生
把他接回家中。在黑夜的四角帽下，
老人同他年轻的兄弟谈论起
末日的家禽。为了安慰他，
施特勒谈起自然之光。
然而一切，费奥凡说，
一切，我的儿子，都在变老，

生命在减少，

一切在衰退，

物种的繁衍

仅仅是一个

幻觉，没有人

知道它将去往何处。

八

科学院成员丹尼尔·梅塞施密特[1]
遭受着长期北极旅行的
折磨。梅塞施密特
尚在人世的时候，施特勒
曾在他和塞斯拉赫
面包师的女儿共同居住的
花园小屋里找到他，
却无法从这位极度
伤感的人口中
再探听出什么。
所以此时施特勒研究起他的遗物。
他伏在纸堆上

度过了整个夏天，

而受到亏待的

博物学家的妻子坐在他身后，

翘起尾并用她张开的鳍

抚摸他如心脏般

跳动的龟头。

施特勒觉察到，科学

缩小成为一个稍感

疼痛的点。另一方面，

泡沫对他来说

是一个比喻。过来，他

绝望地在她耳边低语，

成为我自己的妻子

和我一起去西伯利亚吧，

就已经听到

回答：不论

你去哪里，

我都和你去。

注释

1 丹尼尔·梅塞施密特（Daniel Messerschmidt，1685—1735），德国医生、博物学家和地理学家，最早对西伯利亚进行科学探索的人之一，他于1719年出发，历时八年，回到圣彼得堡。尽管他做了许多记录并带回了众多标本，如率先发现已知的第一批猛犸象化石，却因无法将它们公之于众，终在贫困而无闻中死去。他的遗孀后嫁给施特勒。

九

当施特勒果真于 1736 年
得到渴盼已久的委托，
加入白令远征队的时候，
这场十年前就已经
着手准备的探险活动
由一队木工、
铁匠、车夫、海员、
记录员、被委任的
军官、科学家
和助理组成，
不仅运送建筑材料、工具、仪器、
武器库以及上百本

书籍，而且用火车无限
供应人员的伙食、
餐具、衣物以及提供给职位较高的
科学院公使的
一箱箱波尔多红酒，
它们就如同一堆沉重的碎石，
随着向前移动的冰川
到达雅库茨克[1]，东经
一百二十九度。
施特勒以三年半的时间
征服了五千英里，
而维图斯·白令还需要花同样的时间
将包括最后一颗钉子在内的所有物品
用西伯利亚的小驮马
翻过雅布洛诺夫山[2]
运到鄂霍次克海[3]边。
与此同时，施特勒练习让自己
忍受苦楚与寂寞，
因为那位面包师的女儿——
出于他那即使在远方

也如同在家的愿望，也出于
她那看上去
愿意无条件与他
去任何地方的承诺，
施特勒和她成了婚——
自然，最后还是拒绝
跟随他游历半个地球。
施特勒的两只小乌鸦
这时取代了她。
每天傍晚，它们
都向他口授不祥的咒语。
若将这些记录下来，
他就会感到平静，虽然他知道，
即便如此，他也无法阻止
自己心灵
缓慢的蛀蚀。

注释

1 雅库茨克（Jakutsk），俄罗斯城市名，世界上最寒冷的城市之一。

2 雅布洛诺夫山（Jablonoigebirge），位于俄罗斯西伯利亚。

3 鄂霍次克海（Meer von Ochotsk），位于西太平洋堪察加半岛以西，库页岛以东以及西伯利亚东部以南。

十

1741年3月20日，
施特勒走入位于堪察加半岛[1]东海岸
彼得罗巴甫洛夫斯克[2]司令部的
那座狭长的木堡。
在后方角落
一间无窗、仅
六英尺见方的
隔间——此外无法
加以分割的木堡内部，
他发现白令，这位指挥官兼船长
坐在一张用木板钉成的桌子前，
桌上铺满了一层一层

沾有白色污点的地形图和航海图，
他用纹着一双翅膀的
右手手掌支撑着
五十九岁的头，
左手拿着一副两脚规，
动也不动地坐在
冒起白烟的蜡烛旁。
过了很长一段
时间，施特勒觉得，
直到白令
睁开眼睛，
朝他望过去。人
是一种被悲哀
深深包裹的动物，
披着一件衬有黑色
毛皮里子的
黑色
外套。

注释

1 堪察加半岛（Halbinsel Kamtschatka），位于亚洲东北部，是俄罗斯最大的半岛，其东边是太平洋和白令海，西边有鄂霍次克海。

2 彼得罗巴甫洛夫斯克（Petropawlovsk），俄罗斯堪察加边疆区首府，位于阿瓦恰湾（Bucht von Avatscha）海岸。建城于 1740 年，其名字来自白令为第二次勘察加远征所造的两艘船号——圣彼得和圣保罗。

十一

两周以来，乘着顺风，
名为圣彼得
和圣保罗的两艘船
一直在北部海域向南航行，
而德利尔地图[1]上标出的
传说中的伽马之地[2]
却从未在这片水的
荒漠中出现。仅仅有一次，
哨兵在前方反光的水面上发现了
被无数海鸟遮住的黑色物体。
他们探测着水深，逐渐靠近，
于是断定这座岩石岛

只不过是在蜃景作用下
放大了许多倍、肚皮向上漂流的死鲸。
此后，航线转向东北
偏北。黑夜里，
大海时而发出亮光，
被浪尖溅湿的
船帆也沾着
点点光芒。
第二次蜃景
出现在一天傍晚，
一块白色
水晶大理石的陆地
横亘于地平线之上。
然而，7月15日清晨，
也就是从阿瓦恰湾出发
大概六个星期后，
总在清晨时分
来到甲板上的施特勒
才在低垂的云朵间
真切看到一幅

用阴影线淡淡绘出的
绵延山景。
就在当天傍晚，
雾气完全消散。
黑色的天空
此刻笼罩在海面上，
白雪覆盖下，阿拉斯加
嵯岈的峰巅在玫瑰红
与堇紫色之中熠耀——
施特勒觉得这是个合适的词。
维图斯·白令，全程都
躺在他的床铺上
直盯着头顶的木梁，
因被船员们不绝于耳的
欢呼声感动，第一次登上来，
怀着最深的沮丧，仔细地
观看这一奇观。

注释

1　德利尔地图，由法国制图师纪尧姆·德利尔（Guillaume Delisle，1675—1726）绘制的地图。

2　1589 年至 1590 年，达·伽马在穿越太平洋前往墨西哥的途中，看到日本东北部的一块陆地，具体位置不明。1700 年左右，伽马之地（Land Gama）首次出现在德利尔的地图中。

十二

呼噪的群鸟
漫无边际地飞，低低
掠过水面，
犹如远处浅浅飘浮的
岛屿。鲸鱼环游在
船的周围，
朝着四面八方
将水柱喷向高空。
后来随罗曼佐夫号考察探险的
沙米索[1]对于同样一幅
巨型画面感到惊奇，并萌生了
这样的想法，人们或许能够

像驯化荒地上的鹅一样
驯化这种动物，可以说，
就是用鞭子在大海中放牧。
在峡湾培育它们的幼崽，他写道，
在它们的胸鳍下放入
一根由鱼鳔托起的有刺皮带，
让它们遗忘潜水，
要进行试验。此后鲸鱼是要
拖拽重物还是负载重物，
是否栓绑或者如何栓绑，
是否或者如何用它载重，如何给它套上笼头，
是否还有其他驾驭方式，谁应当是
水中大象的骑象人，这一切都将
自然而然地得到解决。在这一章
开头，沙米索当然还谈到蒸汽机，
那是第一个诞生于
人类之手的
恒温动物。

注释

1 阿德尔贝特·冯·沙米索（Adelbert von Chamisso，1781—1838）法裔德国诗人、植物学家、探险家。1815 年至 1818 年随俄国远征队进行环球考察。代表作品有《彼得·施莱米尔的奇异故事》（1814）、《环球之旅》（1836）等。

十三

在第二日——

圣以利亚日[1]的破晓时分，

施特勒走上岸。

已经将恐惧写在

额头上的白令

允许他用十个小时进行科学考察。

此刻，海水与垂向大海的

沿岸树林都呈现作

深邃的蓝色。

动物们从容靠近

施特勒，黑色和红色

狐狸，连同喜鹊、松鸦和乌鸦

都与他一同走在那条
穿过沙滩的路上。在树木间
透明的黑暗中，
他以宛似漂浮的脚步，
行走在一英尺厚的苔藓上。
只要他朝着山的方向
一直走下去，差一点
就能走进清凉的山野，但是，
他头脑中的科学
构想以减少
世界之失序为目标，
有悖于这一渴求。
后来在一座用云杉树干
搭建的房屋里，他体会到
那些被遗弃的物品
在陌生空间里的效果。他悉心挑选出
一个由剥去树皮做成的圆形喝水器皿，
一块带有铜斑的
磨石、一支鱼头形船桨
和陶土烧制的儿童手摇鼓，

并在它们的位置上，
留下一盏铁壶、一根
串有彩色珍珠的线绳、
一小块布哈拉[2]丝绸、
半磅烟草以及
一支中国烟斗。
这场无声的交易
经半个世纪后依然有人回忆起，
指挥官比林斯[3]在报告中如此写道，
那是一位来自这个遥远地区的土著，
带着一个窸窣
转向内心的笑。

注释

1 圣以利亚日，宗教节日，在 7 月 20 日。

2 布哈拉（Buchara），乌兹别克斯坦城市，位于泽拉夫尚河三角洲畔，中亚最古老的城市之一，盛产丝织工艺品。

3　约瑟夫·比林斯（Joseph Billings，1758—1806），英国航海家、探险家，1785 年受叶卡捷琳娜大帝委托，率队探索东北航道。

十四

在一致通过
放弃所有继续探险的计划之后，
长官们建议，
尽可能接近北纬五十三度，
以留在阿瓦恰航线上。
这是仅仅基于未知因素
所做出的粗略估算。
几乎一整季，这艘船
都被飓风，被一股
没有任何船员
还能从各自生命中
回忆起来的暴力，在除他们之外

空无一人、空无一物的
白令海上摇来荡去。一切
都是灰色，没有方向，不分上下，
大自然处于一种毁灭的
进程，一种纯粹的
衰退状态。此间数日，
风平浪静，船一动不动，而每一丝
微澜都使它更加残破，
使缆绳更加朽烂，使原本就被盐腐蚀的
船帆布幔变得更加褴褛。
癫狂已经渗入
海员们的身体，他们饱受
这种疾病的折磨，
双眼几近干涸、
上颚如海绵般浮肿、
关节充血、
肝脾肿胀，
皮肤下面还密密麻麻地
长着脓疮，他们日复一日
以上帝的名义，将已经腐烂的船员

扔到船外，直到最后，
活人与死人之间
几乎没有差别。
濒死之时，诸星[1]失去了
它们在身体中的个性、类型、实体
和本质，施特勒医生想道，
死去的永远无法复生。
什么叫作自然研究[2]，他问道，什么
叫作希波克拉底誓词[3]，
什么叫作手术，什么是技艺
和理由，当生命
衰竭而医生
无力也无术？那里——
在深夜——月相
为十一月上弦，
一面水墙推着
船冲向岩礁。
它楔进石缝
呻吟了一会儿，
好像在濒死的痛苦中，

还要把自己救上岸一样，
直到一记沉重的波浪
将它向上推到礁石后方
那片寂静的潟湖中。
一把白色镰刀
在沙滩的黑暗中弯曲，
芜草丛生的沙丘，向着内陆，
到达明亮如雪、闪着磷光的山脚下
那一片背阴高地。

注释

1 原文为拉丁语“astra”。

2 原文为拉丁语“physica”。

3 原文为拉丁语“iusiurandum Hippocratis”。相传为古希腊名医希波克拉底所立，其倡导的职业道德、规范原则等对西医界影响深远，传统作为医学生毕业之际、医生初操业之前的誓词。

十五

水逐渐灌入白令的身体。
四个男人把他放在海边
一块用粗绳编成的坐垫上，
让他在风的凉影中倚靠礁石而坐，
并用圣彼得号的帆做成顶篷。
他裹着几件大氅、裘衣和长袍，
面色蜡黄，口中的
牙齿已经掉光，一片黑色废墟般，
全身饱受痈疮和虱子的
折磨，船长心满意足地，
在死神面前注视着
第一次的劳作，那是借用

沙丘中已经挖好的狐狸洞
建造冬季营地。
施特勒为白令端来一碗
用鱼油和旱金莲根煮成的汤，
白令却把头
别向一旁，
用一个眼神拒绝着。
他认为，现在大家
应当让他安静地
沉入沙中。鹡鸰已经
在他身上跳来跳去。
死去的人是有福的，施特勒
回忆道。12 月 8 日，他们把船长
绑在一块木板上，
推入墓穴。
主，你不愿把
信仰你的那些灵魂
交予野兽，而是要在审判日
用利维坦的心脏
为虔诚之人设宴。

施特勒抬头远望，

看到海洋灰绿色的倒影，

那是重云底下

北极的水照云光。这标记着，

他们离陆地

还有多远。

十六

8 月 13 日，由船骸
搭建而成的船扬帆出海，
围绕岛屿最外缘的岬角航行。
小岛那温柔的山丘和平静的
海岸线向着海面倾斜。
它躺在晚夏的光中，
像阿尔卑斯牧场那样
闪耀着美丽的绿，
看似未曾被人类触碰过。
从甲板上眺望，
陆地在移动。
经受过的苦难

没有使逝去的时间
变得更加真实。
同样不可思议的，
是海上航行四日之后，
在海平面之上，在弥漫于
整块陆地的蓝色水雾之上，
出现了亚细亚火山的烟迹。
为了靠近这一景象
他们在海岸下面迂回航行，
以每小时四分之一海里的速度，
向南行驶了足足一周，
夜里也在划桨，
于当月 25 日抵达
彼得罗巴甫洛夫斯克港
他们被洗劫一空的木堡和仓库。
为了感谢获救之奇迹
他们按照白令的遗愿，
用保存到最后的钱币，
在圣彼得
画像的四周
镶上银框。

十七

六年过去了，
直到远征队的幸存者
接到命令，
返回首都。
施特勒却在到达
阿瓦恰湾的几天后
离开队伍，与哥萨克人列皮奥欣[1]
步行前往半岛的地腹。
主，若这场旅行使你喜悦，
请成为我们行走的动力，
他自言自语道，成为
路途中的慰藉、闷热

正午的阴凉、
黑暗中的光、
遮挡霜雨的篷顶，
疲倦时的舟车，
困顿中的帮助，使我们
在你的引领下
平安抵达
我们应当去的地方；
保护我们吧，主，
让众吉星
聚集在我们头顶。

注释

1 托马·列皮奥欣（Thoma Lepekhin），施特勒探险途中的助手、猎人。

十八

夏天剩余的日子，
施特勒搜集植物学材料，
将干种子装进小袋子，
描述、分类、绘图，
他坐在黑色旅行帐篷里，
平生第一次感到幸福。
托马·列皮奥欣捕捞鲑鱼，
采回蘑菇、浆果和木叶，
生火煮茶。
整个冬天
这位德国医生
在一间木头搭建的小

学校，给科里亚克[1]的孩子们
上课，在冰裂开的时候写
回忆录，为那些
受到博利舍列茨克[2]海军军官
虐待并被剥夺权利的
土著部落辩护，结果是，
一封针对他的反对信发送下来，
进行了审讯，
产生了误解，
随即是拘捕，施特勒
此刻完全理解了
自然与社会之间的不同。
向着西方，他逃了
一程又一程，在他看来
一切都在走下坡路。
直到塔拉[3]他才得到消息，
他可以从任意一条路启程
返回自己的故土。
施特勒租了三匹马
奔向托博尔斯克[4]，

在那里，
滴酒不沾的他
喝了整整三天。
高烧随即而来，
他蜷缩在雪橇里，
请求鞑靼人继续驶向南方，
此时离秋明[5]还有一百七十里。
这是疾病[6]，是时间的
断裂，日复一日
时复一时，
是锈，是火，
是许多行星的盐，
是昼的黑暗，
或天空的诸光源。

注释

1 科里亚克人（Koryacken）是俄罗斯远东地区的土著民族，居住在堪察加半岛北部白令海沿岸。

2 博利舍列茨克（Bolscheretsk），俄罗斯堪察加边疆的一个区。

3 塔拉（Tara），俄罗斯鄂木斯克州北部城市，西边为秋明州。

4 托博尔斯克（Tobolsk），俄罗斯秋明州的城市，1629年之前，曾是西伯利亚唯一行政中心。

5 秋明（Tyumen），俄罗斯秋明州首府，位于图拉河畔。

6 原文为拉丁语“infirmitas”。

十九

生命尽头的手稿，
用毛糙的鹅毛笔和苦胆墨汁
写就于冰海中的一座小岛，
包含二百一十一种
不同植物的名册，
以及白鸦、稀有的鸬鹚
和海牛的故事，
被收录在无尽
档案的尘埃，
他这部动物学杰作
海兽论[1]，
是猎人的旅行计划、

清点毛皮时的手册，

不，北方

还不够高。

注释

1　原文为拉丁语“De bestiis marinis”。

二十

在秋明，人们把他从雪橇中抬出，
将他已经变得僵硬的半个身体
从冰中拖入火焰——
一座颤抖的房屋。
炼金术[1]此刻开始，
施特勒辨认出了那突如其来的死亡[2]、
卒中及其一切附属，
看到他的死亡倒映在
军医助手的单片眼镜中。
你们哪，这些先生[3]，
被打翻的灯，
大自然如是处理着

一位来自德国的
不敬神的路德宗信徒。

注释

1 原文为拉丁语“alchimia”。

2 原文为拉丁语“mortem improvisam”。

3 原文为拉丁语“doctores”。

二十一

据帕拉斯[1]讲述，他们于另一日
将自己敬仰的施特勒
裹进他的红色斗篷，
在相去正教徒安息地有好一段距离的
图拉河岸高地，将他
放进一条狭窄的沟，
并用结冰的草皮
堆成了坟丘。
帕拉斯也写道，这位死去的人.
还梦见猛犸象群
在河对岸吃草
直到夜晚，有人走来，

拿走他的外套，
留他躺在雪地，
就像一只被打死的狐狸。

注释

1 彼得·西蒙·帕拉斯（Peter Simon Pallas，1741—1811），德国博物学家，1767年应叶卡捷琳娜二世之邀，担任圣彼得堡科学院教授，长期在西伯利亚和中亚地区考察，并出版了施特勒的日记。

幽暗的夜晚启航

et iam summa procul villarum culmina fumant
maioresque cadunt altis de montibus umbrae

现在村舍的茅顶上炊烟已经开始，
从高山上已经落下了更长的影子。

维吉尔《牧歌·其一》

一

难以发现的，
是那些保存在
岩板中间的史前
有翅脊椎动物。倘若我在画里
看到先我而逝去的
那些生命的脉络，我总会想起，
这或许与真理有一些
关联。大脑固然借助某种
即便很微弱的自组织残余
而持续运作，

* 译文引自《牧歌》，维吉尔著，杨宪益译，上海：上海人民出版社，2015年，第17页。

从中有时会产生
一种秩序。它局部美丽
并令人平静，却比先前的
无知状态更加残酷。
究竟要往回走多远，
才能找到开端？或许
要一直追溯到 1905 年 1 月 9 日
那个清晨，祖父和祖母
在刺骨的寒冷中坐着敞篷
马车从克洛斯特莱希费尔德
去往上迈廷根结婚。
祖母身穿黑色的塔夫绸裙，
手拿一束纸花，祖父
身穿制服，饰有黄铜的
帽盔戴在头上。他们在想些什么，
此刻他们正用鞍褥盖住双腿，
在行驶中并肩而坐，
听着马蹄声在光秃秃的
林荫路上回响。孩子们后来
在想些什么，他们中的一个

在一张拍摄于 1917 年
战时阿拉茨里德[1]的
班级合照中，充满恐惧地
向外凝视。四十八名
可怜的同类，
女老师在右手边，
左边是那位近视的神甫，
沾满污痕的
灰色纸板背面
附着一句话 :“未来
死亡伏在我们脚下”，
这是那些让人再也无法忘却的
晦涩神谕中的一句。在另一张
照片，我有它的放大
影印版，上面是一只天鹅和它
在黑色水面的倒影——
一个完美的和平之喻。
环绕着池塘的植物
园，据我所知，
位于班贝格的雷格尼茨河[2]岸边，

我相信，至今依然有
一条路从园中穿过。
整张照片首先给人留下一种
不知怎么非德国的印象，
背景里有榆树、鹅耳枥和浓绿的
针叶林，低矮的
宝塔形建筑，耙过的
细沙砾，绣球花、黄菖蒲、
芦荟、荚果蕨以及
叶片巨大的观赏大黄。
令我惊讶的，
还有照片上能看到的人。
母亲穿着一件敞开的
大衣，带着此后消失了的
轻松表情；父亲
在不远处，手插在口袋里，
就连他看上去也毫无忧虑。
日期写着 1943 年 8 月 26 日。
27 日，父亲启程前往德累斯顿，
在他记忆中这座城市的美好，

就像他回答我的那样，
已经不复存在。
28 日夜间，
582 架飞机空袭
纽伦堡。[3] 母亲
原本打算
第二天清晨
返回阿尔高的家中，
却仅仅坐火车
到达菲尔特[4]。
她从那里看到
火海中的纽伦堡，
如今却已不再记得
这座城市燃烧的情景，
以及她目光
移动时的感受。
最近她讲起，
她当天从菲尔特出发
来到温茨海姆一位熟人
家里，等待最不幸的

事情结束，却发现
自己怀孕了。
关于这座燃烧的城市，
在维也纳艺术史博物馆
就挂着一幅阿尔特多费[5]的画，
画中描绘了罗得
和他的女儿们[6]。烈火
在天际熊熊燃烧，
吞噬着一座大城市。
烟雾从这里升起，
火焰直冲天空，
在血红色的反光中，
能看到那些黢黑的
房屋立面。
中景里是
绿色田园诗风光，
而观众最先注意到
摩押人正在延续
新的血脉。
前年我

第一次看到
这幅画的时候，
有一种怪愕的感觉，
好像我以前就已经
看到过这一切，
不久之后，
当我走过
那座和平桥，
差一点失去理智。

注释

1 阿拉茨里德（Allazried），即德国巴伐利亚州施瓦本行政区上阿尔高县奥托博伊伦镇的奥拉茨里德区。

2 雷格尼茨河（Regnitz），位于德国巴伐利亚州，在班贝格汇入美因河。

3 指英国王家空军和美国陆军航空队从1940年至1945年对纽伦堡进行的一系列空袭。

4 菲尔特（Fürth），德国巴伐利亚州北部城市。其市中心与纽伦堡的相距仅7公里。

5 阿尔布雷希特·阿尔特多费（Albrecht Altdorfer, 1480—1538），德国画家。其油画《罗得和他的女儿们》（1537）现藏于维也纳艺术史博物馆。

6 罗得和他的女儿们，见《旧约·创世记》19:1–38。耶和华用硫磺和火毁灭所多玛和蛾摩拉两座城市之前，让罗得带着妻子和两位女儿逃走。罗得妻子由于没有遵从天使的嘱咐，逃亡时回头看了一眼，变成一根盐柱。罗得的两位女儿为了延续血脉，先后两晚将罗得灌醉，并与他同房。后来大女儿生下摩押，即摩押人的祖先，小女儿生下亚米，是亚扪人的祖先。

二

当我在一九四四年
基督升天日[1]出生的时候，
田间祈祷队伍和着
消防员乐队的音乐
正巧从我家旁边经过，走向
花朵盛开的五月田野。母亲起初
把这当成好兆头，没有预料，
寒冷之星土星业已主宰
此际的星象，巨雷已经
盘踞在山岗上方，突然
劈开祈祷队伍，击中
四位华盖抬手中的一位。

姑且不论本村历史上
这桩离奇事件
在我生命之初或许会
留下惨烈的印象，也不提
在我入学前的一个晚上，
那场照彻山谷的
漫天大火吞没了
附近的锯木厂，我还是
不顾别处的可怖形势，
在阿尔卑斯山北麓长大，如今看来，
那时我对于毁灭一无所知。
我却屡屡在路上跌倒，
时常双手缠着绷带坐在
栽植吊钟海棠的窗前，
等待疼痛缓解，
一连几个小时只能向外张望，
这使我很早就想象到了
一场在观众面前平静
上演的无声灾难。
当我朝着草药园向下看，

园中的修女们戴着
浆过的白帽子在苗圃间
如此迟缓地行走，
就好像她们在片刻之前
还是毛毛虫一样。对于
那时的想象，
我依然无法释怀。
从此，那个无法更仔细辨认的
灾难的形象，对我来说，
化作一个鞑靼侏儒，戴着
红色的头巾和一根白色的
弯弯的羽毛。在人类学中
这种形象常常使人联想到
自残的特定形式
并被证实属于那位师父，
他登上一座雪山，长久地
停留于斯，据说还噙着泪。
最近我读到过，在心灵
静谧的角落，他有
一匹陶塑马驹。他喜欢嘟哝

神秘的填字游戏，谈论
一幅剪纸、一枚顶针、
一个针眼、记忆里的一颗石子、
一处朝圣地和一小块
染上少许柏林蓝的冰。
一长串细微的恐怖
来自第一个和第二个过去，
却无法翻译成如今的
口头语言，它们一直是
由霉菌和狼的影子
看守的残缺躯体[2]。
然后来了几个
大一些的孩子，觉得
父母已经率先骑着运货的
马匹，去安顿住处了，
而此时他们在去往
格蒙登[3]的暗箱里，
吃着晚饭，喝着
两大罐咖啡，
在面包上涂抹黄油，

闭口不提鲱鱼
或者萝卜。祖母的死
已经拖延了
好几个月，越来越多的水
灌入她的身体，此时，
乡村商店里张贴着一纸通缉令，
昭示着马铃薯甲虫的黄色恐怖。
一个摩尔人常常在树林边
从一辆美国装甲车往外张望，
我们在黑暗中看到
圣女伊丽莎白[4]提着裙子，
小心翼翼地踩着
灼热的犁铧片片。
学校里管理员清点
他的钥匙，在十字架后面，
柳绒[5]歌唱它们的信条，
而铅笔盒里的
一片碎纸上，已经
写好了我们落满尘埃的
未来口号。就这样

一人成了旅店老板，另一人
成了厨师，第三人成了侍者而
第四人什么也不是。
而人们在山丘上
看到约沙法谷[6]中
烟雾弥漫的阴影。
磁针颤抖着指向
北方，我尝到舌尖上
电流的滋味，内部
涂有薄薄一层纯净角银[7]的
物理学奇迹。
身体特定部位
可怕地变黑，
这完美地
印证了一切。

注释

1　基督升天日，复活节后的第 40 日。

2 原文为拉丁语“corpus”。

3 格蒙登（Gmunden），奥地利上奥地利州的一个城镇，位于特劳恩湖北岸。

4 圣女伊丽莎白（heilige Elisabeth，1207—1231），又称图林根的伊丽莎白（Elisabeth von Thüringen）或匈牙利的伊丽莎白（Elisabeth von Ungarn），匈牙利公主，图林根的女侯爵，接济穷人并建立医院以救助病人，后被封圣。

5 《新约·约翰福音》等《福音书》记载，当耶稣骑着驴驹最后一次进耶路撒冷圣城时，人们手持棕树枝，或用棕树枝铺地，迎接他的到来。故复活节前一周的星期日即棕枝主日，当日以棕枝为装饰，或将棕叶折成十字架等。取材因地所限，在气候寒冷的东欧或北欧乃至德国，习用柳绒条代替。

6 约沙法谷，指神的审判之地，见《旧约·约珥书》。

7 角银，实验中常被用于测定含银量。

三

在一个中国蟋蟀笼内
我们将福气囚禁了
片刻。乐园之果[1]
生长鲜美，大量金子
堆在打谷场，而你说，
有人得像在夜里
照顾学者那样
照顾这位新郎。对于孩子来说，
这常常是狂欢节。羊羔般的
小云朵天空中挂着。朋友们
到来时乔装成奥玛兹德[2]和
阿里曼[3]。但后来意外地

与歌剧院里那位优雅的先生
发生了这件事，而我在
鸡舍里找到了一条蛇蜥。
乌鸦在飞翔时丢失了一支
白色羽毛，那位神甫，身穿
黑色长袍的瘸腿使者，
在新年的清晨，独自出现
在冰雪覆盖的广阔田野。
自从我们以耐心
武装起自己，自从沙
由信箱里流泻出来，
盆栽植物就具有了这般
保持沉默的方式。北国的
悲剧，几着妙棋和几个巧计，
总是不可避免地上演
结局。为什么人要
为一项如此艰巨的事业
辛劳？慰藉依然在于
他人的不幸——
恋人帽子上的明黄，

而它曾经多么艳丽。
上个世纪的散文，
缠在蓟草中的
一件连衣裙，些许血迹，一阵
兴奋，一封被撕碎的信，
一颗制服上的星，以及窗边
久久的伫留。昏暗
小屋中令人不快的
幻想，憎恨的罪，
是啊甚至眼泪和鱼的
记忆里那团垂死的火焰，
爱玛[4]，她怎么烧了
婚礼花束。可怜的
乡村医生会怎么想？
葬礼上，他梦寐以求
一双闪亮的漆皮靴和
死后的诱惑。然而此刻
黯淡的时代来临。你，在
刺眼的淫亵中央，
我将回忆起你

怯懦的双眼，就像我
初次看到的那样，
当时，我们在哈勒姆
游泳穿过堤坝的缝隙。
这一切已经过去了多久，
周年纪念日和数字，
以及几乎无法透过那些
玻璃镜片破解的一张
字母表格。本来，我听到
那位小巧的中国
女配镜师说，本来
您现在应当可以轻松
读出来，有一瞬间
我感觉她的指尖
触到我的太阳穴，感觉
像一道波从我心头
横穿而过，还看到明亮的
方形视力表上
排列在一起的字母
YAMOUSSOUKRO，这个名字，

我清楚记得，属于一艘
来自阿比让的
生锈的大船，多年以前
我曾经看到它驶出
汉堡的海港。
黑色的水手倚靠
舷栏杆站着。
船经过时，他们朝这边
挥手，太阳才刚
沉落，那些影子
就已经颤抖
于边缘。

注释

1 乐园之果，西红柿的别称。

2 奥玛兹德（Ormuzd），即阿胡拉·玛兹达，波斯神话中的善神和光明之神。

3 阿里曼（Ahriman），波斯神话中的恶神和黑暗之神。

4　爱玛（Emma），福楼拜小说《包法利夫人》中的女主人公，这首诗多次引用了该小说的情节和意象。

四

倾心于工业
果然无限的
增长，政治家
迪斯累利[1]将曼彻斯特称为
最美妙的近代城市——
一座天国般的耶路撒冷，
其意义唯哲学
方能度量。当我
离开僻远的外省
来到这里并住进
上世纪废墟中的
公寓，人生已经

过半。彼时我常常
走过弃耕的埃琉西昂
原野[2]，惊叹于那些
毁灭之作：黑色的
磨坊和轮船航道，
废弃的高架桥和
仓库，数百万块
砖瓦，烟的痕迹，
还有焦油和硫酸的。
我久久地站在
艾尔克河与艾尔威尔河[3]的岸边，
如今已经死去的神话河流
曾经在更美好的时代
盈盈闪耀着蔚蓝、
绯红和明亮的绿，
在这缤纷光泽中倒映着
棉花云朵，洁白的它们，
不发一语便溶解了
整个人类军团的呼吸。
河水带着它们，掺杂着

盐和灰烬，向下游流去，
穿过沼泽湿地
到达大海。这些寂静的突变
开辟出一条通向未来的路。
曼彻斯特的工人阶层
历经三个世代
变成矮人族。
那些在战争年代试图
带着武器逃进兵役的志愿兵
被当局以不合格为由
拒收，除非他们能够
在这座城市和周边地区
遴选所谓矮人兵的时候，
被其中一个团录用。
在两种情形中，
他们都属于
成就历史进步的
一群卑微的人。
从我工作场所我相信
看到了他们灵魂的

鬼火，就像火把上
微弱的火光，
出没在城市法团[4]的
垃圾堆上，那是一座冒着烟的
巨大山脉，在我看来
一直绵延到了彼世。
那边，推土机
在暮色中迂回缓行，
探照灯的光束
总能划破长空，
而飞机，史前的灰色
兄弟，无比缓慢地
从潟湖和沼泽升起。
我记得，当时这些景象
常常让我陷入一种
深沉忧郁类乎
尘世的状态，使
我此后不断听到
犹太竖琴单调的颤响，
就不得不由于压迫感

反复走出家门。一整天
我都待在大学图书馆地下室
阅读帕拉塞尔苏斯[5]的作品，
有一处写道：自北方[6]的
皆无好事，[7]而
染病的身体
如同染上陌生
颜色的一块布。
我也经常漫步走过
一条条街巷，进入
那些地狱般闪烁的酒馆
其中一间，尤其
喜欢去利斯顿音乐厅[8]，
那里有位穷困潦倒的英雄男高音，
他有双明亮的蓝眼睛，
总穿着过长的冬季外套，
戴着洪堡帽，在沃利策
管风琴伴奏下，
演唱唐豪瑟[9]的咏叹调。
我不时走进福音教堂，

见证一排排病人
在会众的尖叫声中痊愈，
甚至盲人也恢复了视力。
有一次，在寻找
那座星形的
斯特兰奇韦斯监狱[10]时——
那是一座巨大的全景式
建筑，外墙高得
就像耶利哥之墙[11]，——
在火车站后面，我
恍若置身于无人之境：
在一排低矮的、看上去
即将被拆除的房屋中间，
有几家被弃置的商店，
招牌上的名字
戈德布拉特、格林斯潘和戈特格特罗伊，
施皮格尔哈尔特、所罗门、魏斯尔菲施
以及罗宾佐恩仍依稀可辨认。
一扇门在风中摇曳，
好像在示意。门上

贴着张旧海报是
音乐剧俄克拉何马[12]。
露天剧院的入口
敞开着。我还听到
苍穹中一声颤响，
这时，伴随着战争的
铜管乐、号角
和战鼓，一列橄榄绿的
童子兵顺着街道向下行进，
经过我身旁，突然，
就像被大地吞没了一样，消失了。
我向多伊奇[13]先生
讲起这件事情的时候，
他摇着头说：
“不寻常，太
不寻常了。”多伊奇先生
来自库夫施泰因，
三八年到达
英国的时候还是个孩子。
许多事情他已经无法

想起，有几件事却再也
无法忘记。英语他
向来没学好，多年
以来，虽然他每天
都以极度紧张的神情
观看所有电视节目，
好像每时每刻
都在期待一则
改变一切的消息。

注释

1 本杰明·迪斯累利（Benjamin Disraeli, 1804—1881），英国政治家、小说家，两度出任首相。

2 埃琉西昂原野（elysäischen Felder），《奥德赛》中长年西风吹拂、人们优游生活的所在，后引申为福地、乐土之意。

3 艾尔克河（Irk）和艾尔威尔河（Irwell）都流经并交汇于曼彻斯特，工业革命期间受到严重污染，恩格斯在

《英国工人阶级状况》中对两条河流都有所描述。

4 原文为英语“City Corporation”。

5 帕拉塞尔苏斯（Paracelsus，1493—1541），瑞士医生、炼金术士。他激烈地批判传统医学，并认为，炼金术，即化学的过程是解释宇宙和人体内的自然过程的模型，大至宇宙中的万千变化，小至某一生命个体的生老病死，其本质都属于炼金术的过程。在这个意义上，神和医生都是炼金术大师。这种以炼金术解释世界的思维模式，极大地影响了后世医学与化学的发展。诗集第二部分有多处都对帕拉塞尔苏斯进行了引用或戏仿，如“自然之光”、“诸星”及“突如其来的死亡”等。

6 原文为拉丁语“septentrione”。

7 自北方的皆无好事，出自帕拉塞尔苏斯《谬医迷宫》（*Labyrinthus Medicorum Errantium*）。

8 原文为英语“Liston's Music Hall”。

9 《唐豪瑟》（*Tannhauser*），德国作曲家理查德·瓦格纳完成于1845年的三幕歌剧，取材于中世纪游吟诗人唐豪瑟和瓦特堡歌唱大赛这两个德国传说，讲述了唐豪瑟受到爱神维纳斯的诱惑，纵情声色，在厌倦这种生活后，他返回人间，却因在歌唱比赛中赞美维纳斯而触犯神规，即便加入罗马朝圣者的行列也不被赦免。当恋人伊丽莎白为他牺牲，唐豪瑟在送葬时喊出“圣洁的伊丽莎白”，终获救赎。

10 斯特兰奇韦斯监狱（Gefängnis Strangeways），英国安全级别最高的监狱之一，位于曼彻斯特市区，1994年以后更名为曼彻斯特监狱。

11 耶利哥之墙，见《旧约·约书亚记》，约书亚奉耶和华之命，率兵丁绕城走，一日一圈，七天后，这座传说中不可摧毁的城墙倒塌。

12 《俄克拉荷马》（*Oklahoma*），美国音乐家罗杰斯和汉默斯坦创作的首部音乐剧，改编自1931年的戏剧《丁香花开》（*Green Grow the Lilacs*），故事发生在1906年美国西部的印第安人领地，讲述了一个农场女孩在向她求爱的牛仔和农场工人之间周旋的故事。

13 多伊奇（Deutsch），意为“德语”、“德国的”。

五

去年夏天，我在苏黎世
探访工程师 D 的时候，
他正坐在一扇敞开的窗户前，
手里不停地翻转着
一块长石。您看，
他说道，外面的花园荒芜了，
我现在差一点就在树叶中间。
这让我想起穿越沙漠的
徒步旅行。我制造了
多少机器，设计了
多少装置，直到我
失去了对终生

侍奉之科学的信仰。
我来到一处死去的
时间海湾，像那位
绑着红色头巾、插着白色
弯弯羽毛的鞑靼人一样，
登上高山，俯览
这座城市，一幅已经褪色的
巨大洪积层的画卷
展现在我面前。我感到
那些屋顶上
天线的颤动犹如
我脑海中的涟漪，我能
听到外面从远方
传来的高斯杂讯，一种规则的、
散布于整个音域的
噪声，从大地向上一直
传到天空，直达星辰
游弋的天海。此后
我度过了许多
充满疑惑的可怕

午夜，而此刻宁静回归
尘埃中，我阅读着
18 世纪的自然志，
读到苍翠的大地
如何沉没在汝拉山[1]的
蓝色阴影中，
最后唯有阿尔卑斯山上
古老的冰映着微弱的
反景。一束不寻常的
光弥漫在哈勒尔[2]和荷尔德林的
诗行，然而这里也已经
是心灵能够到达的
最遥远的迷途。因为
并不能均衡地调整各大
系统的发展轨道，
力量的运作总是过于
混乱，一个事物永远
是另一个事物的开端，
反之亦然。牛
生龙而龙生

牛[3]，无穷无
休止。所以，您走吧，
工程师 D 说，今天就走。
陆地已经着火，到处
都有树林在燃烧，火苗
随飞扬的树叶噼啪作响，
干旱的非洲
平原正在扩张。
或许您还能在旅途中
看到一道金色
海岸、一片被雨水刷涂的
地区或者一个行走在
秀野路上的学童。这样，
就能重温一种幸福，
稍许康复的人想。
荫翳蔽日的湖岸
显现出来，还有水的表面、
层层叠叠的岩石以及
最高处那斑斓的
龙之羽，伊卡洛斯[4]

在光的潮流当中
翱翔。时间在他身下
裂开，莱茵冰川
分裂为两条巨大的支脉，
库尔山峦崛起，
森蒂斯山脉高隆，
石灰岩岛，在
冰潮中发出明亮的光。
倘若他将目光倾斜，
他就会在此刻坠落，
沉入湖中，
一切将如同勃鲁盖尔[5]的
油画，那美丽的小船、
正在耕种的农夫，整个
自然会以某种方式漠视
这个儿子的不幸吗？
这些问题引领我
越过边界。一场暴风雨
在阿尔贝格山头酝酿。
我俯瞰山谷，

心中感到眩晕。

又一个夏天过去了。

似葳蕤的常春藤，荷尔德林写道，

雨不分枝杈地落下。[6] 百叶玫瑰

在阿尔卑斯山上生长。阿维尼翁树木森森。

骏马摸索着蹚过圣哥达[7]。

注释

1 原文为拉丁语“Jurassus”，位于阿尔卑斯山北麓，横跨德、法、瑞士三国。地质年代侏罗纪之名即取自该山。

2 阿尔布雷希特·冯·哈勒尔（Albrecht von Haller，1708—1777），瑞士医生、诗人与博物学家。

3 原文为拉丁语“Taurus draconem genuit et draco taurum”，源自古希腊塔伦图姆城的圣歌，形容对立的事物互为根源。

4 古希腊神话里，伊卡洛斯是建筑师代达罗斯的儿子。父子俩被国王囚禁在孤岛上，代达罗斯用蜡和鸟羽为伊卡洛斯造出一双翅膀，并叮嘱儿子不能飞得过高，否则翅膀封蜡就会遇热熔化。后来伊卡洛斯在飞翔时为太阳所吸引，接近后封蜡熔化，坠海而亡。

5 老彼得·勃鲁盖尔（Peter Brueghel der Ältere，1525—1569），文艺复兴时期佛兰德斯画家。这里的油画是指《有伊卡洛斯坠落时的风景》（约 1558），现藏于比利时皇家美术博物馆。

6 出自荷尔德林的诗歌《希腊（一稿）》（*Griechenland [1. Handschrift]*）。

7 圣哥达关隘（Gotthardpass），位于瑞士境内，自中世纪起就是连接阿尔卑斯山南北的交通要道。

六

当清晨来临，
夜晚的凉意
退入鱼之羽，
当空气的四周
重新变得
可见，于是我就会
时而相信和平并且
计划一个新的
开端、一次远行，
或许去往一处
能伪装成鸟类学家的地方。
来吧，我的女儿，来吧，

给我你的手，我们离开
这座城市，我将为你展示
潮汐每天推动两次的磨坊，
这是一件由齿轮和传送带组成、
嘎吱作响的神奇装置，
它将流水的
力量一直送进石头
送进滴落的尘埃
并送进蜘蛛的身体。
磨坊主很友好，
爪子干净又洁白，
为我们讲述面粉
历史的各种皮毛。一百年
以前，爱德华·菲茨杰拉德[1]，
奥玛·海亚姆[2]的译者
在这里消失。年事已高的
他那天登上小船，
系紧礼帽，
扬帆去往北海，
再不复见。一个巨大的秘密，

我的孩子，看啊，这里有十一座
为死人修建的土丘，第六座里
有一艘配有四十桨板的
过去船只的遗迹，
这是萨顿胡的雷德沃尔德之墓[3]。
墨洛温的钱币、瑞典的
甲胄和拜占庭的银器
连同他的武士
都被这位国王带上了路，
在这片狭长的沙地，
他们至今仍将武器隐藏
在杂草莽莽的地堡，
以及土墙、铁丝网
和松树林后面，目光所及
是一座独一无二的武器库，
再有的只是这片天空、
这簇金雀花丛，和偶尔
能看到的一座大型养老院、
一所监狱或疯人院、
一间收容少年犯的机构。

你看那些穿橙红色夹克的
囚犯排成长长一队
在沼泽中劳作。
这后面是世界的尽头，
是欣格尔斯特里特[4]的
五座冷屋。
一个女人站在窗前，
伤心欲绝，孩子的秋千
在风中生锈，沙丘间
一位孤独的间谍
坐在房车里，耳边戴着
无线电接收器。不，我们
不能在这里写明信片，
我们甚至不能在这里
下车。孩子，告诉我，
你的心是否沉重
如我，年复一年
被大海的浪波
堆积成碎石岸，
一直延伸到达北方，

每颗石子都是一个死魂灵，
而这片天空如此灰暗，
如此均匀的灰暗，
而如此低沉的
天空，我还从未
在别处见过。
沿着地平线，
货船驶入
另一个时代，
塞兹韦尔核电站[5]的
盖格计数器[6]用滴答声
为它计时，在那里
金属芯正被缓慢
摧毁。疯狂在
萨福克郡的荒野上
窃窃私语。这就是
世界最后的结局吗？[7]啊，
你们都是些石头一样的人。[8]
死去的，
永远死去。生命

源自爱。我不知道，

谁在对我说，说什么？如何说？

何处或何时说？此刻

爱即无有？抑或所有？

水？火？善？

恶？生？死？

注释

1 爱德华·菲茨杰拉德（Edward Fitzgerald，1809—1883），英国作家、翻译家，译有《鲁拜集》。

2 奥玛·海亚姆（Omar Khayyam，1048—1122），波斯诗人、哲学家、天文学家，著有《鲁拜集》。

3 萨顿胡（Sutton Hoo），位于英国萨福克郡东南部沿海。1939年在这里发掘出船棺葬。墓主人为东盎格利亚王国的国王雷德沃尔德（Raedwald，？—616/627）。

4 欣格尔斯特里特（Shingle Street），英国萨福克郡临北海的一个海岸居住点。因偏远荒凉，有关二战的传闻纷纭而难以证实，或说曾遭德军入侵，但其时唯一记录只是在当地海滩发现四名坠机的德国飞行员遗体。

5 塞兹韦尔核电站（Kraftwerk von Sizewell），位于英国萨福克郡的一个小渔村塞兹韦尔附近，1961 年起建，1966 年建成。

6 盖格计数器，一种用于探测电离辐射强度的仪器。

7 原文为英语“Is this the promis'd end?”译文引自《李尔王》，载《莎士比亚全集》(第五卷)，朱生豪等译，北京：人民文学出版社，1994 年，第 548 页。

8 原文为英语“Oh, you are men of stones.”同上，第 548 页。

七

主，我梦见，
为了观看亚历山大之战[1]
我专程飞往
慕尼黑。当黑暗
袭来，我看到
我身下远处有我家的屋顶，
看到阴影遮盖住
英格兰东部的风景，
看到岛屿边缘的
波浪在海岸堆积，
而北海的船舶
在白色的航迹浮沫前静止。

像漂游在大海深处的
鳐鱼那样，我无声地滑翔，
几乎不扇动一下翅膀，
高高飞过陆地，
飞过莱茵河入海口，
沿着愈发沉重
愈发苦涩的水路
逆流而上。河岸边的
城市磷火荧荧，
发出微光的工厂
在道道烟迹下等候，
犹如远洋巨轮等待着
汽笛轰鸣，铁路和高速公路上
灯光闪烁，激增百万倍的
贻贝、潮虫和水蛭
在喃喃低语，阴冷的腐朽，
岩石肋骨间的叹息，
水银的光泽，云彩
追逐穿过法兰克福高塔，
时间延展并且加速。

这一切穿过我的感官，
终点已如此接近，
每一次呼吸都能使
我的面颊战栗。一场大火，
使橡树林在奥登林山山坡上
沙沙作响，此后这里将是沙漠
和荒野，风卷起
碎石的尘埃，穿过
山谷。一把双刃
利剑劈开地
与天，一束光芒
注入太空，而我远行的
终点——阿尔特多费的
幻象，徐徐展开。
为拯救落日
余晖里的西方
而激起战潮汹涌，
其丧生的人数，
铭文昭示，
远远超过十万。

命运此刻扭转。
在旗帜和旌纛，长矛、
长枪和棍棒，披胸甲的
人和动物的身体
交杂的浩大混战中央
是西方世界的英雄，
白马上的亚历山大，
在他面前，大流士[2]
朝着月牙的方向逃亡，
脸上露出极度
恐惧的神情。真幸运，
将这场战役的仿油画石版画
挂在布告板旁边的
那位睿智的神甫
这样描述战事的结局。
他说道，这证明
所有来自东方的
乌合之众必然毁灭，
因此是救赎史上的贡献。
此后我在另一位老师

那里读到，死亡原本在我们面前，
这大概就像学校教室墙壁上
一幅亚历山大之战的画。
我现在懂得，人要以
鹤的眼睛俯瞰
那广阔疆域，就像观看
一场亚细亚戏剧般真实，
要慢慢从人物的渺小
和笼罩在他们上方
不可捉摸的自然之美中，
学会看到此前不曾看到的
生命的另一面。我们的视线
穿过这场战役，观看着，
自北向南地眺望着，
我们看到晚霞里
搭着白色波斯帐篷的营地
和一座海滨城市。
在远方，船鼓起风帆
航行，它们的影子
已经碰触到塞浦路斯，另一边

埃及大陆正在延伸。

能够辨认出尼罗河三角洲，

西奈半岛，红海

以及还在更远的远方，

在那片陌生且从未被探索过的

非洲大陆上，

雪山冰峰矗立于

渐次消逝的光线中。

注释

1 《亚历山大之战》，阿尔特多费于1529年绘制的油画，现藏于德国慕尼黑老绘画陈列馆。该画描绘了公元前333年，亚历山大大帝打败波斯帝国君主大流士三世。画面上方铭文用拉丁语记录了这场战争：亚历山大在杀死数十万的波斯士兵和骑兵后，打败大流士。大流士的母亲、妻儿以及近千人被俘。

2 大流士三世（Darius III，约前380—前330），波斯帝国最后一位君主。

译后记

二〇二〇年，我由于疫情滞留德国，暂住在弗兰肯地区一个弃置已久的房屋里。八月的一天，在参观班茨修道院和十四圣教堂的途中，路过圣德尼和圣彼得教堂，在紧闭的大门外，我第一次遇见圣德尼的目光。他虽然站在大门上方约十米的高处，但依然能清晰地看到，他用双手将头托在肩膀的正上方，头上顶着主教帽，脸上没有任何痛苦表情，就好像头向前伸、被双手托住，是由于他脖颈间正常的错位一样。随后，门打开，从教堂里走出庆祝婚礼的人们。他们在这位主教的注视下，摘下口罩，与新人合照留念。

在这次偶然相遇的三日之后，我收到王家新老师发来的诗歌样章，问我是否愿意翻译这本诗集。这次，我又在塞巴尔德的诗歌中看到了他：祭坛画上的他“将目光投向另一侧的小男孩”，他也从画中走出来，穿越时空成为诗歌讲述者的同时代人——班贝格火车站一位行色匆匆的旅客，手臂下还夹着“他被砍掉的头”。诗人在不经意间给出又丢弃的线索，已经把我引入迷宫，使我读完意犹未尽，因此想尽我所能，把这部诗集翻译成汉语。

自新民说二〇一九年陆续推出塞巴尔德的四部叙事作品之后，塞巴尔德的名字对于中国读者已不陌生。温弗里德·格奥尔格·塞巴尔德一九四四年出生在德国阿尔高地区，二十世纪六十年代移居英国，先后执教于曼彻斯特大学和东英吉利大学。他从八十年代开始文学写作，此前一直默默无闻，直到一九九七年，他的小说《移民》英译本出版后，受到詹姆斯·伍德、苏珊·桑塔格等评论家的极力推崇，使他在英语文坛声名鹊起。相比起来，他的作品在德国则较晚受到学界关注。二〇〇一年，小说《奥斯特利茨》在德国和英国出版之后，作家在车祸中离世。

《自然之后》首版于一九八八年，是他在日常学术工作之外，最初的写作尝试。诗集收录了他一九八三年至一九八七年在奥地利文学杂志《手稿》(*Manuskripte. Zeitschrift für Literatur*)发表的三部组诗:《我若在海极留下》(一九八三)、《俨然阿尔卑斯山的雪》(一九八六)和《幽暗的夜晚启航》(一九八七)。在结集成书时,组诗的顺序有所调整。

开篇的《俨然阿尔卑斯山的雪》中,抒情主体讲述了自己对于文艺复兴时期德国画家马蒂亚斯·格吕内瓦尔德生平与作品的观察。这位在艺术史上只留下了作品而身世成谜的画家,在叙述者眼里,有同性恋倾向和一段离奇的婚姻,过着消隐避世的忧伤生活。这位画家终其一生都在借助受难与哀悼的母题,表达此在的不幸。在阿尔萨斯的残疾人院,画家曾亲眼见过遭梅毒折磨的人们。因此,伊森海姆祭坛画之《圣安东尼的诱惑》里,圣人安东尼被一群长满梅毒脓疮的恶魔包围,而没有超越此世的苦难。在另一幅《哀悼基督》中,十字架下方的马利亚、彼得和抹大拉的马利亚,为全身同样长满脓疮的耶稣基督作见证,他们呼吸急促、几欲窒息。

组诗《我若在海极留下》是关于德国博物学家格奥尔格·威廉·施特勒的故事。施特勒出生于新教家庭,最初在教会资助下学习神学，后来弃之而转攻医学与自然科学。他在哈雷了解到白令远洋计划，辗转来到圣彼得堡，认识了大主教同时也是他日后的资助者费奥凡，娶了前科学院成员的遗孀，参加第二次远洋探险。他仅用了三年半时间就到达堪察加半岛，并与白令一同乘圣彼得号、圣保罗号，寻找他们终究也没有找到的传说中的伽马之地，但意外发现了阿拉斯加。施特勒上岸考察。随后远征队遭遇飓风、迷航，许多船员甚至白令都在这次灾难中丧生。施特勒并未像其他幸存者那样，返航后回到俄国首都，而是在一座小岛上继续考察，最终受到当局迫害，死在了逃往故乡的途中。

在《幽暗的夜晚启航》中，叙述者讲述了自己的身世。他首先试图从两张照片追溯自己生命起源：一张是祖父母在结婚路上的合影，另一张则是火烧纽伦堡前夕，父母在花园里愉悦的瞬间——母亲不久之后就发现自己怀孕了。叙述者的人生，正如阿尔特多费油画所预示的那样，无不与灾难背景相伴：出生当天与成长时的火灾，以及移居曼彻斯特后，所看到的这座工业城市衰败的遗迹。在诗的结尾，叙述者将目光投向死伤无数、但已成为历史贡献的亚历山大之战，并提醒包括叙述者自己在内的、作为观者（与读者）的“我们”，将视线穿透这场混沌的战争、渺小的人和谜一般的自然，学着看到“生命的另一面”，正如想象地形图上，非洲大陆的雪域山峰。

三部组诗主人公虽然都置身于不同的时代，但他们的人生旅途都交汇在一个固定的地点：温茨海姆。一五二五年，格吕内瓦尔德前往温茨海姆，并在那里与贝哈姆画家兄弟谈论起闵采尔领导的德国农民战争。一七〇九年，施特勒在温茨海姆出生。在一九四三年，第一人称叙述者的母亲由于空袭纽伦堡而无法回家，在温茨海姆发现自己怀孕了。

诗集名字《自然之后》的德语原文为“Nach der Natur”，有“自然之后”和“仿效自然”两种意义。这两重义在汉语中实难用一词兼顾，我按照目前学界通行的解释侧重，主要选取了前者：诗集旨在以哀歌式的语调，追问自然毁灭之后的另一种可能的世界图景。三部组诗的主人公作为各自时代灾难的见证者，见证了那些诸如以科学与进步、意义与秩序等作为尺度的流俗价值准则，在毁灭与大灾难面前，最终是荒谬的。（Anz, 1997）另一方面，理解为“仿效自然”，则是“步武自然之后”，也有其合理性与解释空间：格吕内瓦尔德的画作源于对自然的观察与摹仿，而博物学家施特勒同样按照自然的本来面目认识并理解自然，直至临终才发现自然与人类社会的区别。

诗集副标题《一部元素诗》(*ein Elementargedicht*)同样存在至少两种解读方式。显而易见的是，构成自然的四大元素——水、火、风、土在诗集中均有体现，如承载圣彼得号与圣保罗号的海水、中世纪蔓延的安东尼之火、叙述者飞向慕尼黑时那卷起碎石的风，以及埋藏雷德沃尔德国王的土。此外，“元素的”一词也可取其引申义“基本的”，即诗集揭示了生存的基本问题。(Albes)也有学者指出，这部诗集包含了塞巴尔德叙事作品的基本主题与风格。(Franklin)

关于《自然之后》诗集风格，存在着许多解释面向，这里仅选取两个方面说明之。首先，有别于中译本扉页附了图片，原来这部诗集是塞巴尔德唯一没有配图的作品，但内容上有别于中译本扉页附了图片，原来有着大量对于图像的描述。其次，同塞巴尔德叙事作品的其他讲述者一样，作为叙述者的抒情主体的讲述也具有某种“不确定性”。二〇一七年，伍德在《纽约客》

(*New Yorker*)发表长文《沉默的另一边：重读塞巴尔德》("Other side of silence: rereading W. G. Sebald")中，将这种不确定性，即讲述的不可靠性视为塞巴尔德书写的核心。塞巴尔德作品的叙述者有意避免上帝视角，而是采取更为谦卑的态度，坦承自身的局限性，因为叙述者事实上根本无法以上帝视角认识理解另一个人的生命。在这本诗集中，讲述者借助于弗拉恩格尔、桑德拉特和齐尔希关于格吕内瓦尔德的记述，以及画家流传于世的作品，尽可能如实讲述格吕内瓦尔德的人生。而关于叙述者自身，塞巴尔德则加入了自己的一些信息，如讲述者和诗人都出生于一九四四年五月，都曾迁往曼彻斯特居住。但叙述者并非塞巴尔德本人。他是谁？他的讲述在多大程度上是可靠的？这些问题已经无从回答，因为"确定性早已被历史洪流卷走"(Wood)。

翻译塞巴尔德诗集不是一件易事，除了要理解繁复长句、恶补艺术史和博物学知识，诗集里还夹杂着中古德语、德国南部尤其弗兰肯和施瓦本地区的方言，仅仅依靠我一己之力，是不可能完成的。感谢德国导师 Prof. Dr. Marion Schmaus 在得知我翻译诗集之后，欣然应允内部研讨课上组织讨论了《俨然阿尔卑斯山的雪》，解答了我的疑惑，并为我确认了某些中古德语词语的意义。感谢王家新老师在百忙之中阅读了完整译稿，给我以肯定与鼓励。感谢广西师范大学出版社编辑何虹霓和曾威智的认真审校与润色。感谢我的家人对我一如既往的支持，尤其我的先生 Christoph 为我讲解德国南部相关的风土人情，为翻译过程增添了许多趣味。

诚如伍德所言，塞巴尔德“这位在英国生活了三十年的德国人，是当代欧洲作家中最神秘的一座高峰”，而我系德语文学研究的无名小卒，只因受塞巴尔德诗歌神秘之美所吸引，才冒昧走上了其诗歌汉译的艰难小路。若有疏漏之处，还请各位方家批评指正。

任昱璞

二〇二二年秋于长安

新民説 塞巴尔德作品系列

《土星之环》

［德］温弗里德·塞巴尔德 著

闵志荣 译

定价：64.00 元

悼念上升的幻觉

悼念瓦解于尘的秩序

这是一场举行过无数次的葬礼

我们终将在沉降中汇合

《眩晕》

［德］温弗里德·塞巴尔德 著

徐迟 译

定价：52.00 元

作旧日神话的一则脚注

循芜杂历史的一段线索

人在记忆的镜像里增殖

成为分裂症的一个基因片段

检验合格

检验员 04